www.ingramcontent.com/pod-product-compliance
Lightning Source LLC
LaVergne TN
LVHW022055190726
843495LV00014B/1789

## পদ্মশ্রী প্রাণ

বওয়াল্ড এন্‌সাইক্লোপীডিয়া অফ্‌ কমিক্সব-য়ের এডিটর মরিস হর্ন কার্টুনিস্ট প্রাণকে বওয়াল্ট ডিজনী অফ্‌ ইণ্ডিয়াব আখ্যা দিয়েছেন। ওনার রচিত কমিকস প্রজন্মের-পর-প্রজন্ম ধরে দেশের নবযুবকদের সাথী হয়ে থেকেছে। তারা প্রাণের সৃষ্ট চরিত্র চাচা চৌধুরী, সাবু, শ্রীমতি জী, পিঙ্কী, বিল্লু, রমন ইত্যাদির মনোরঞ্জনের ভরপুর আনন্দ উঠিয়েছে। ওনার ফওও-রও বেশী টাইটল্স মার্কেটে বিক্রী হচ্ছে এবং স্ট্রিপ্স্‌ বেশ কিছু ন্যুজ পেপাস্‌র্ে প্রকাশিত হচ্ছে। চাচা চৌধুরীর ওপরে তৈরী টি.ভি. সিরীয়াল লাগাতার ঠওও এপিসোড পর্যন্ত এক প্রমুখ টি.ভি.চ্যানেলে দেখানো হয়েছে।

বিশ্বের বেশ কিছু দেশে সফর করা, সেখানকার কন্‌ফারেন্সগুলোয় কার্টুন্সের ওপরে বক্তব্য প্রদানকারী প্রাণকে বলিম্কা বুক অফ্‌ ওয়াল্ড রেকর্ডস্‌ব বপীপল অফ্‌ দ্য ইয়ারব সম্মানে সম্মানিত করেছে। অধ্ট সালে ওনার কমিক বুক – বরমন, হম এক হ্যায়ব-য়ের বিমোচন দেশের তৎকালীন প্রধানমন্ত্রী শ্রীমতি ইন্দিরা গান্ধী করেছিলেন।

– প্রকাশক

হ্যাঁ, মনে পড়েছে... আজই তো আমার জন্মদিন। কেক নিয়ে আসার জন্য ধন্যবাদ, বিল্লু !

কেকটা আমাকে দাও... আমি কেক খাওয়ার জন্য অস্হির হয়ে উঠেছি।

দাও !
কি করছ, পালোয়ান ? এটা হচ্ছে বার্থডে কেক... এটা কেটে সবাই মিলে খেতে হয়।

তুমি এটা কাটবে, আমি হ্যাপ্পী বার্থডে বলব... তারপর কেক খাওয়া হবে।

যাও, কেক কাটার জন্য কিছু একটা নিয়ে এসো।

এখুনি আনছি।

এটা দিয়ে হবে ?

এটা দিয়ে কেক কাটা যাবে না... অন্য কিছু আনো।

এটা চলবে ?

পালোয়ান! কেক কাটতে হবে... ভাঙতে হবে না। কাটার জন্য কিছু নিয়ে এসো।

আমার মতে এবার আর তুমি বনাব বলবে না
তলোয়ার !

এটাও চলবে না।
ওফ্ হো ! আমার মাথায় ঢুকছে না যে, আমি কি আনব ?

আমি কেক খাওয়ার জন্য আর অপেক্ষা করতে পারছি না। আমাকে কেক খেতে দাও।
দাঁড়াও !

কেক তো কেটেই খাওয়া হবে।

তুমি এই কেকটা সামলাও।

আমি কেক কাটার জন্য কিছু একটা নিয়ে আসছি।

এই ছুরীটা দিয়ে কেক কাটা যাবে।

কেক কোথায় ?

সেটা তো আমি কখন খেয়ে ফেলেছি।

# বিল্লু ওয়াল পেষ্ট

গিন্নী মা ! কিছু খেতে দিন না !
এখনও রান্না হয়নি... পরে এসো।
ঠিক আছে, রান্না হয়ে গেলে আমার ওয়ালে পেষ্ট করে দেবেন।

সেটা দেখে আমি এসে যাব।
অদ্ভুত তো !

কি অদ্ভূত, মা ?
আজকাল ভিখারীরাও ফেসবুক ওয়ালের কথা বলছে।
এটা হচ্ছে আই.টি.-র যুগ। এখন অও৫ শতাংশ লোকেরা সব জানে।
না জানা ৗও৫ লোকও আছে।
আজকাল এসব কে দেখছে ?
বিল্লু ! দেওয়াল আরও এক বার পেন্ট করছি... এটা আর নষ্ট কোর না।
ও.কে., বাবা !

বিল্লু, দাঁড়াও।
কি ব্যাপার, লাকি ফোটোগ্রাফার ?

আমার কিছু হ্যাণ্ডসাম ছেলের ফোটো চাই। তুমি একেবারে পারফেক্ট হবে।

খ্যাঁচ !
!
নিয়ে নাও... যত খুশী পিকস নিয়ে নাও।

এই পিকসগুলোর কপি আমারও চাই।
খচচ !

খচচ !
পেয়ে যাবে।

কবে দেবে ?

আজ রাতেই এগুলো প্রিন্ট হয়ে যাবে। বলো, তোমার কাছে কি ভাবে পৌঁছে দেব ?

আমার ওয়ালে পেস্ট করে দিও... আমি পেয়ে যাব।

ঠিক আছে।

পরের দিন সকালে...!
বিল্লু ! তুমি আমার সব মেহনত খারাপ করে দিয়েছ !

গুর্ র্ র্‌!
আমি আবার তোমার কোন্ মেহনত খারাপ করে দিলাম ! ?
আমি অনেক মেহনত করে এই দেওয়ালে পেন্ট করেছিলাম আর তুমি এর ওপরে নিজের ফোটো চিপকে দিয়েছ !
আমি লাকি ফোটোগ্রাফারকে আমার ফোটো আমার ফেসবুক ওয়ালে পেস্ট করার জন্য বলেছিলাম... ও বাড়ীর ওয়ালে পেস্ট করে দিয়েছে।

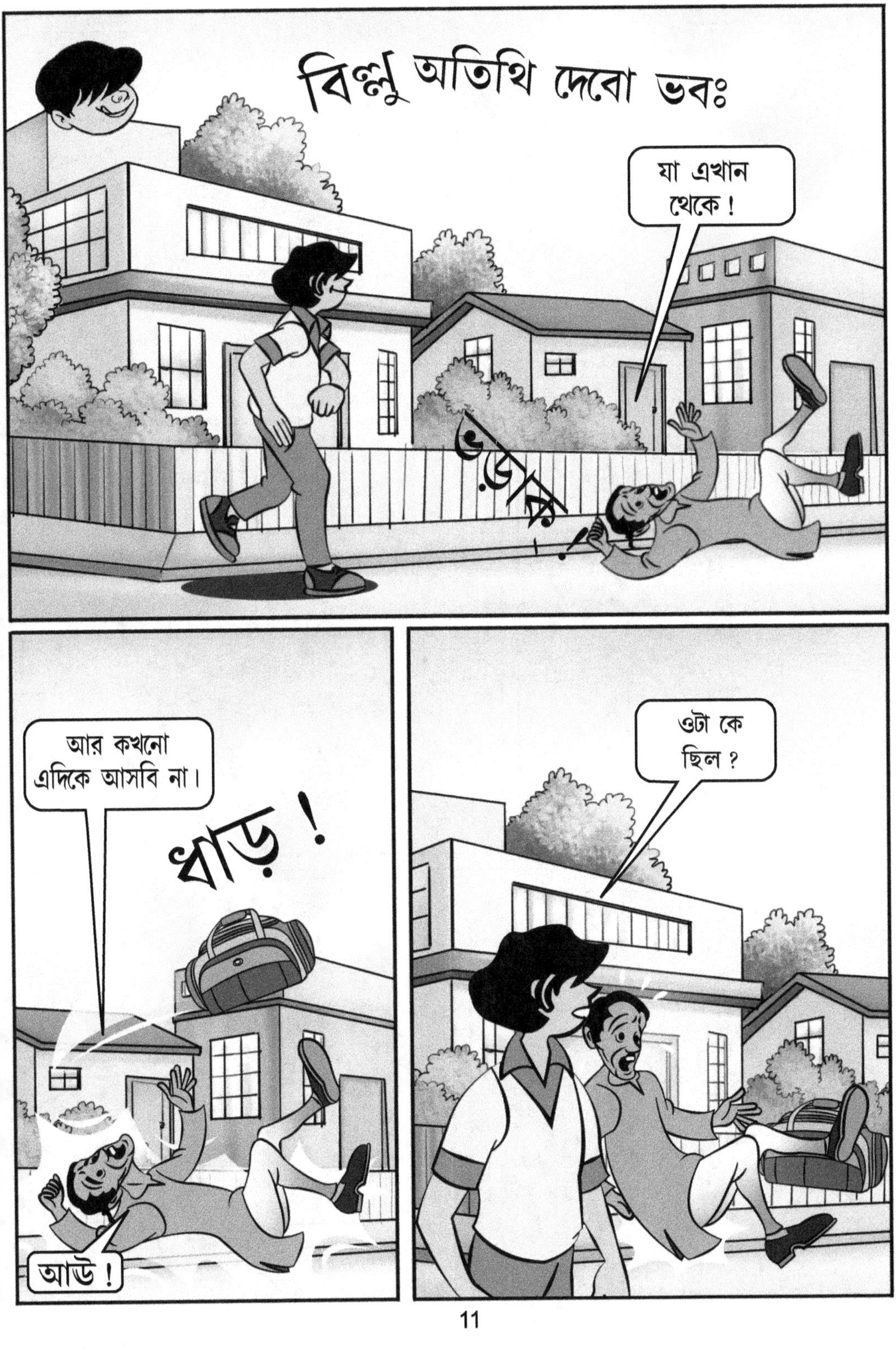

# বিল্লু অতিথি দেবো ভবঃ

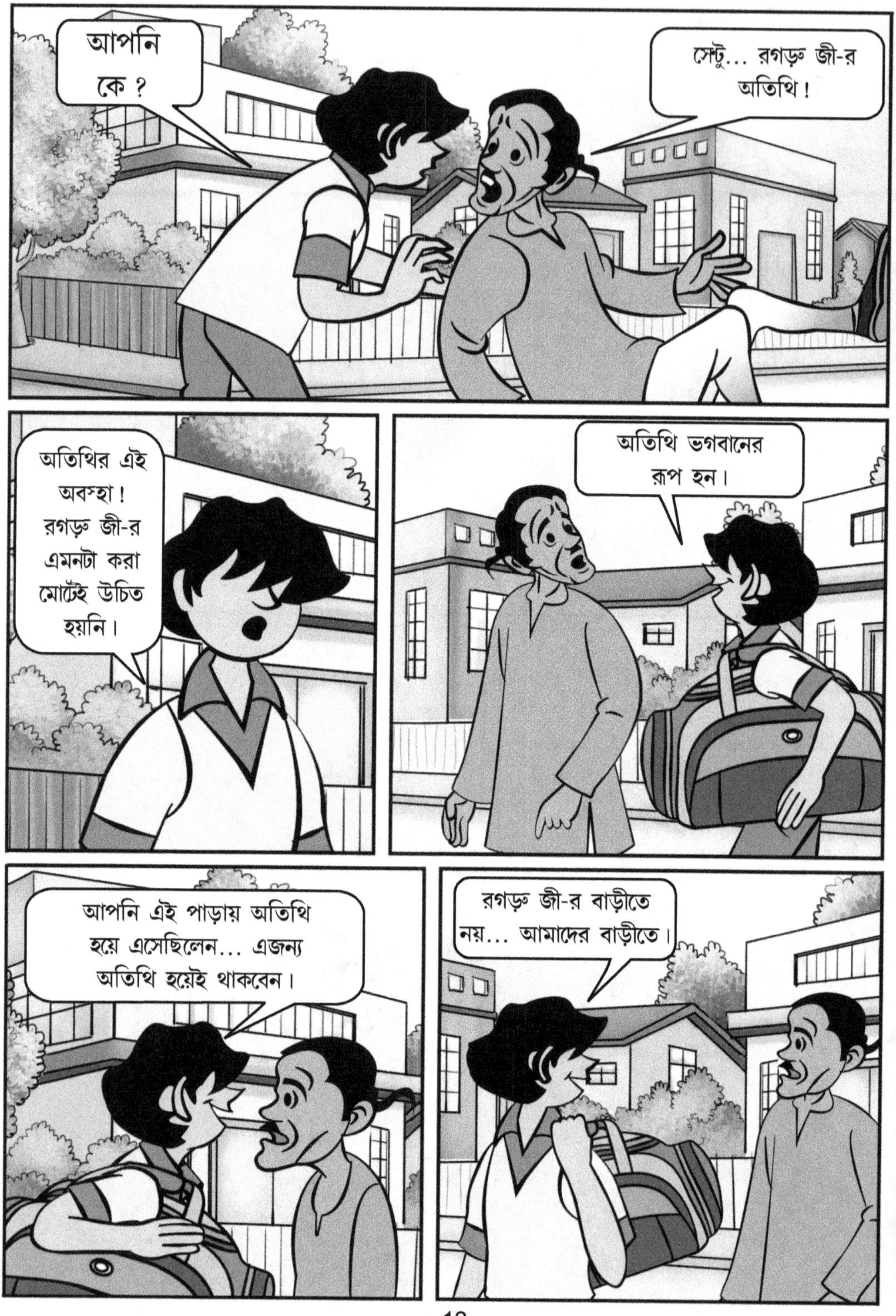

আপনি কে ?

সেতু... রগড়ু জী-র অতিথি !

অতিথির এই অবস্হা ! রগড়ু জী-র এমনটা করা মোটেই উচিত হয়নি।

অতিথি ভগবানের রূপ হন।

আপনি যতদিন খুশী এখানে থাকতে পারেন। কিছু দরকার হলে বলুন।

ঘুমোনোর জায়গা পেয়ে গেছি... খাবার জন্য কিছু পেয়ে গেলে...!

নিন।
এতে আমার কি হবে ? আরও কিছু...!

আরও নিন।

আমি তোমাকে বার-বার কষ্ট দিচ্ছি।

আমি নিজেই নিয়ে নিচ্ছি... ফ্রীজে রাখা খাবারও !

আর রান্নাঘরে রাখা খাবারও !

এতেও আমার পেট ভরেনি।

তুমি দোকান থেকে কিছু খাবার নিয়ে আসতে পারবে ?
হ্যাঁ-হ্যাঁ... নিশ্চয়ই !

এই নিন।
থ্যাঙ্ক য়ূ !

খাওয়ার সময় শেষ... এবার ঘুমোনোর সময় শুরু !

খর্ র!!

খর র র!!

ব্রেকফাস্টে ফ কিলো দুধ, ৗ ও পরোটা আর ফও স্যান্ডউইচ খেয়ে নিয়েছে।

বিল্লু! এ তুমি কোন্ আপদ বাড়ীতে নিয়ে এলে?!

এই আপদ বিদেয় করার একটাই রাস্তা আছে।

এই আপদের একটাই চিকিৎসা!

# বিল্লু মেমোরী কার্ড

বিল্লু নিজের বন্ধুদের সাথে, মিউজিয়ামে...!
ক্লিক্!
গুড স্কেলেটন!

স্কেলেটনের পরিভাষা কি হয়, বিল্লু?

এমন এক ব্যক্তি, যে নিজের শরীর থেকে ফালতু মাংস সরানোর জন্য ডায়েটিং শুরু করে... আর তারপর বরাবরের জন্য খাবার খেতে ভুলে যায়।

চলো, বাইরে গিয়ে কিছু স্ন্যাক্স খেয়ে আসি।

বিল্লু, ঐ দেখো... তোমার কাজের জিনিষ।

মোবাইলে ফোটো তুলুন আর প্রচুর টাকা পুরস্কার পান!
সত্যিই এটা আমার কাজের জিনিষ!

কারণ আমার কাছে রয়েছে মেগা পিক্সেল আর হাই ডেফিনিশন ক্যামেরাওয়ালা দারুণ মোবাইল!
ফোটো
টাকা
পুরস্কার পান!

খ্যাঁচ্_!!
মোবাইলে ফোটো তুলুন আর প্রচুর টাকা পুরস্কার পান

বিল্লু চলল ফোটো তুলতে !

সেটাও এমন জায়গার... যেখানে কেবল বিল্লুই পৌঁছতে পারে...!

... আর কেউ নয় !

খটাচ্‌ !!

খটাচ্‌ !!
এই ফোটোটা তো বিল্লু ওঠাবেই !

ব্রা-আ-আ

ওহো !
ছপাক্‌ ! !

জল নোংরা হলেও
কোন ব্যাপার নয়।

আমার
তোলা ফোটো
তো ভালো !

এমন ফোটো পুরস্কার না পেলে কোন্ ফোটো পাবে ?

এবার নিজের তোলা ফোটোগুলো একটু দেখে নিই !

ওহো, না !

বিল্লু ! মোবাইলে ফোটো তুলেছ ?
হ্যাঁ... কিব সেসব ফোটো আমার মোবাইলে সেভ্ হয়নি। কারণ...!

...আমার ফোনে ফোটো সেভ্ করা মেমোরী কার্ড ছিল না।

# বিল্লু
## নুডল্‌স কে খাবে

চটপটা নুডল্‌স খাওয়ার ইচ্ছা হচ্ছে... কিব পুরো পয়সা নেই।

ন্যুডল্‌স খাওয়ার ইচ্ছা হওয়ার জন্য পয়সা কোথায় লাগে?

খাওয়ার জন্য লাগে।
হ্যাঁ, ভাই! আমার কাছে পাঁচ টাকা আছে।
মাত্র পাঁচ টাকা... এক প্যাকেট ন্যুডল্‌সের দাম দশ টাকা।

আমার কাছে পাঁচ টাকা আছে...
আমরা দুজনে ন্যুডল্সের প্যাকেট
শেয়ার করে নেব।

ঠিক
আছে।

আমরা ন্যুডল্সের প্যাকেট
কিনে নিয়েছি।
SHOPPING
MALL

এসো, এবার এটা
বানিয়ে খাওয়া যাক।

দারুণ গন্ধ বেরোচ্ছে।

আমি বেশী ন্যুডল্‌স খাব।

না ! আমি বেশী ন্যুডল্‌স খাব।

তুমি বেশী ন্যুডল্‌স খেলে আমি কোথায় যাব ?

আমি পাঁচ টাকা না দিলে তুমি এই ন্যুডল্‌স কিনতেই পারতে না।

ওহো! এজন্য তুমি বেশী নুডল্‌স খাওয়ার কথা বলছ!?
হ্যাঁ!

আমি বেশী খাব।

এমনটা হবে না।
না... আমি বেশী খাব।

না, আমি!

আমি!

আরে গন্দু, বিল্লু... তোমরা ঝগড়া করছ কেন ?

কি হয়েছে, আমাকে বলো।
গন্দু বলছে যে, ও বেশী ন্যুডল্‌স খাবে আর আমি বলছি আমি।

তুমিই বলো, কে বেশী ন্যুডল্‌স খাবে ?

কেউ না !

তোমাদের ঝগড়ার চক্করে ন্যুডল্‌স পুড়ে গেছে।

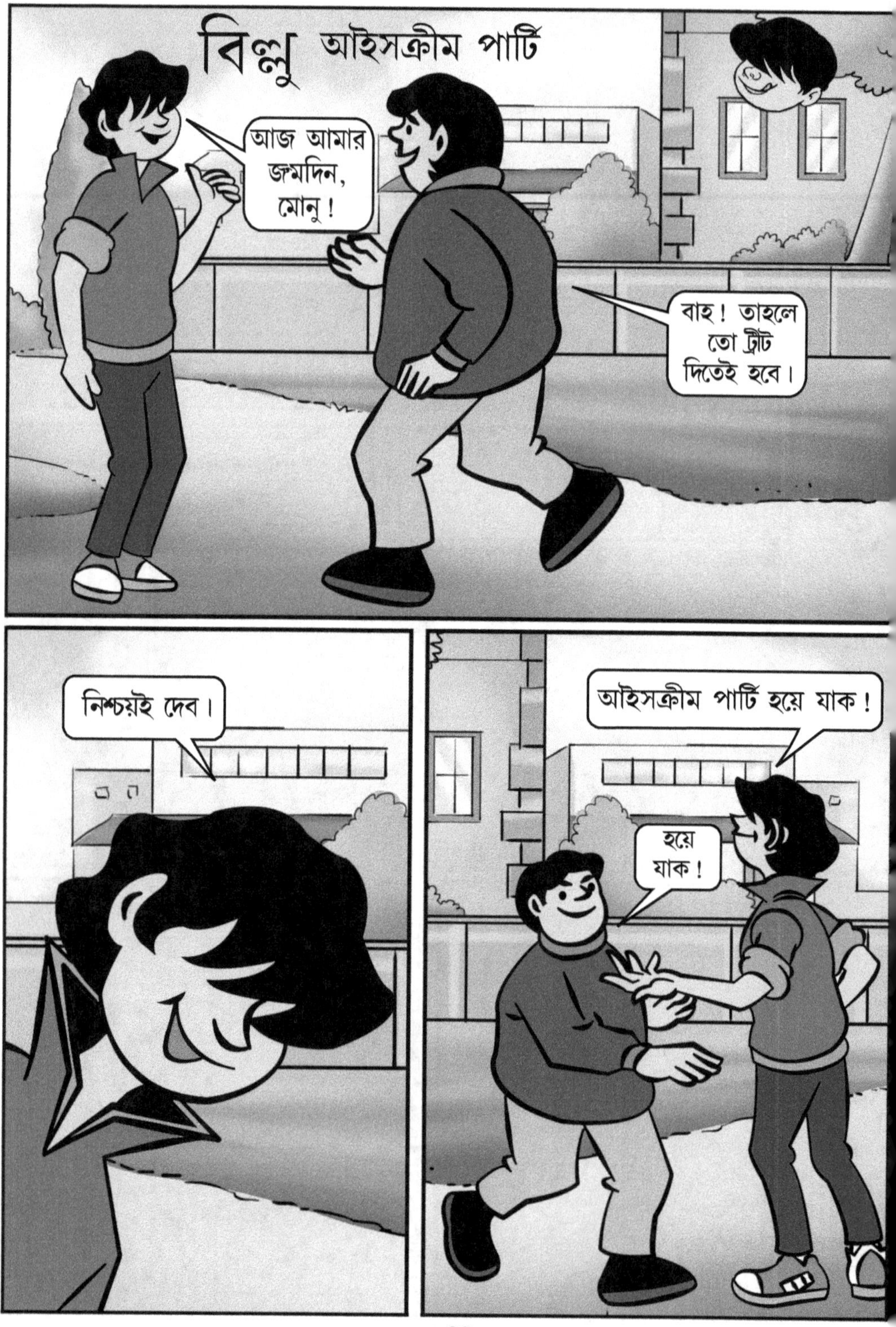

# বিল্লু আইসক্রীম পার্টি

আমি রেডী হয়ে এখুনি আসছি।

তুমি কি বিল্লুর পার্টিতে একাই যাবে ?
তোমরাও সবাই যাবে... কিন্তু বিল্লু সেটা জানতে পারলে ও কম বাজেটের অজুহাত দেখিয়ে পার্টি ক্যাসেল করে দেবে।

আমি কিছু করব।

তোমরা আইসক্রীম পার্লারের আশপাশেই থেকো।

এই আইসক্রীম পার্টিতে যেটা খুশী খাও... বিল আমি পেমেন্ট করব।

আমার ফোন এসেছে।
টিন টিন!!

আমি বাইরে গিয়ে ফোন এ্যাটেণ্ড করছি। তুমি পার্টি এঞ্জয় করো... আমি ফিরে এসে পেমেন্ট করব।

বিল্টু বাইরে গেছে... সবাই চলে এসো।

জমিয়ে আইসক্রীম খাও।
পেমেন্ট বিল্টু করবে।

আরে... ফওও টাকার বিল ! কি করে ?

ICE CREAM STALL
এটা তোমার তরফ থেকে আইসক্রীম পার্টি ছিল।

আমরা সবাই পার্টি এঞ্জয় করেছি।
পার্টি তো পার্টিই হয় !

ICE CREAM STALL
এটা তো চিটিং!
তুমি কমিটমেন্ট করেছ... এবার পেমেন্ট করো।

কাল আমার জন্মদিন। আমি কমিটমেন্ট করছি যে, আমি কাল তোমার আর তোমার এক বন্ধুর আইসক্রীম পার্টির পেমেন্ট করব।

পরের দিন...!
হ্যাপী বার্থডে, মোনু!
থ্যাঙ্ক য়ু, বিল্লু!

তোমার কমিটমেন্টের আইসক্রীম পার্টি?
কিব মনে রাখবে, আমার কমিটমেন্ট কেবল তুমি আর তোমার এক বন্ধু।

ঠিক আছে?
হ্যাঁ!

তাহলে তুমি একটু পরে আইসক্রীম পার্লারে এসে পেমেন্ট করে দিও।

ICE CREAM STALL
একটু পরে...!
য়ওওও টাকার বিল !

ICE CREAM STALL
তুমি আর তোমার এক বন্ধু য়ওওও টাকার আইসক্রীম কি করে খেতে পারো ?
সাবুর মত বন্ধু থাকলে য়ওওও কেন... ফওওও টাকার আইসক্রীমও খাওয়া যেতে পারে।

হো-হো-হো! যেমন কর্ম, তেমন ফল !
ICE CREAM STA

বিল্লু
সাহসী

জোজী !
কোথায় তুমি ?

তুমি এখানে
কেন এসেছ ?

আমি জোজীর বন্ধু...
ওর সাথে দেখা করতে
এসেছি।
ও এক বাহাদুর ফৌজীর
মেয়ে।

ওর বন্ধু কোন নির্ভীক
নবযুবক হবে... তোমার
মত দুর্বল ছুঁচো নয়।

চলে যাও এখান থেকে।
আমি ভীরু নই !

আমি প্রমাণ করতে পারি যে, আমিও সাহসী!
কেটে পড়ো।

বাবা ! ওকে তুমি একটা সুযোগ তো দাও।

আমার সাথে খোলা ময়দানে চলুন। আমি সেখানে আমার বাহাদুরীর প্রমাণ দেখাব।

চলো... দেখি, সেখানে তুমি কি খেল্ দেখাবে ?

ময়দানে...!
এখানে হচ্ছেটা কি ?
পুরো ফওওওও টাকার নগদ পুরস্কার জিতে নিন !

এখানে এমন সাহসী কেউ আছেন...
যিনি আমাদের স্টান্টম্যানের মত এই
কামানে ঢুকে...!

... বারুদে
ভরা
কামানের...!

... গোলার সাথে শূন্যে উঠে যাবেন আর...!
বড়াম্ ম্ ম্!
... পুরো ফওওওও
টাকার পুরস্কার জিতে
নেবেন ?

এখানে তেমন কেউ সাহসী
থাকলে এগিয়ে আসুন।

আমার সঙ্গে বিল্লু আছে...
ও তোমার কামানে ঢুকবে।

কিব... আমি... ?

কোন কিব নয়। তুমি কি ভয় পাচ্ছ ?

আমি এই চ্যালেঞ্জের জন্য প্রস্তুত !
শাবাশ, বেটা !

চিন্তা কোর না। তোমাকে ইট সেফ্টী ড্রেস পরানো হবে।

তোমার সেফ্টীর জন্য এই রবার ফোমের গদী বেছানো আছে।

কামান থেকে বেরিয়ে তুমি সুরক্ষিত ভাবে এর ওপরে এসে পড়বে।

জোজী ! সেফ্‌টী সুটে আমাকে কেমন দেখাচ্ছে ?

ভয় পেও না... এই স্টান্ট তো আমি সহজেই করে নেব।

বিল্লু সত্যিই সাহসী !

কামানে বারুদ ভরে দিই !

ওস্তাদ ! ছেলেটা তো একটু বেশী উঁচুতে উঠে গেছে।
বড়াম্‌ ম্ !!
তুমি কামানে বেশী বারুদ ভরে দিয়েছ। এবার ও ময়দান পার করে দূরে গিয়ে পড়বে।

ওহো ! গিয়ে ওকে দেখা উচিত।

একটু দূরে ফিল্মের শুটিং চলছিল।

এ্যাসিস্ট্যান্ট ডায়রেক্টর! শটের রিহার্সাল করাও। সীন হচ্ছে — হিরোয়িন এই বিল্ডিং-য়ের নীচে দাঁড়িয়ে রয়েছে।

হিরোয়িনকে একা দেখে ভিলেন ওকে বিরক্ত করছে।

উঁচু বিল্ডিং থেকে হীরো ভিলেনের ওপরে লাফিয়ে পড়বে।

... আর ভিলেনকে হারিয়ে দেবে।

স্যার! স্টান্টম্যান তো আসেনি। ওপর থেকে লাফাবে কে?
হীরোর ডুপ্লিকেট ছাড়া সীন কি করে শুট হবে?

36

এখুনি স্টান্টম্যান নিয়ে এসো।

আকাশে...!
নীচে পড়ামাত্র আমার হাড়গোড় সব চুরচুর হয়ে পড়বে।

নয়তো আজকের শুটিং-য়ের সব লোকসান তুমি ভরবে।

মাটি তো অনেক নীচে... আমার বাঁচা অসম্ভব!

ধড়াক্ ক্!
এ কী?

থ ড় ড়!
আউ উ উ!

আকাশ থেকে এটা কে লাফিয়ে পড়ল ?
দ্য রীয়েল হীরো !

দারুণ, বাহাদুর যুবক !

এই নাও সাইনিং চেক ! আমার পরের ফিল্ম বউড়ন্ত হাওয়াবাজব-য়ের তুমি হীরো হবে।
ধন্যবাদ !

বাহ হ ! আমার আসল বাহাদুর !

এবার তো আপনিও মানবেন যে, আমি সাহসী ! ?
আমি মানতে বাধ্য হচ্ছি।

# বিল্লু গড়াগড়ি

বিল্লু ! আজ যে বড়ই সাজগোজ হচ্ছে !
বাবা ! আজ আমি জোজীর সাথে ঘুরতে যাচ্ছি।

বিল্লু ! যেখানেই যাও, সাবধানে যেও !
বায়, মা ! তুমি বৃথা চিন্তা কোর না। আমি আর বাচ্চা ছেলে নই।

আহা ! গার্লফ্রেণ্ডের সাথে ডেটিং-য়ে যাওয়ার মজাই আলাদা।

ওহো হ... বজরঙ্গী !
ওর ধার এখনও মেটানো হয়নি।
ঢক্কন ! ঐ ছুঁচো বিল্লুকে কোথাও দেখতে পেলে আমাকে জানিও।
ও.কে., ওস্তাদ !

ও আমাকে দেখে ফেললে লাঠি দিয়ে আমার হাড়গোড় ভেঙে দেবে।

এদিকে কিছুক্ষন লুকিয়ে থাকা যাক।

পালোয়ান ওখানে বসে থাকলে আমি যাব কি করে ?

বিল্লু ! কার সাথে লুকোচুরি খেলছ ?

বজরঙ্গীকে আমার ফওও টাকা দেওয়ার আছে।
এই ব্যাপার!

বন্ধু! ধার নিলে সেটা শোধ করাও উচিত।

আমার কাছে এই মুহূর্তে কেবল ফওও টাকাই আছে।

এই টাকা দিয়ে জোজীকে রেস্তোঁরায় খাবার খাওয়াতে হবে।

তুমি বুদ্ধিমান। এমন কোন ট্রিক্ বলো... যাতে আমি পালোয়ানের হাত থেকে বেঁচে বেরিয়ে যেতে পারি।

LE
VOTE
আরে, হ্যাঁ... একটা রাস্তা আছে।

মন দিয়ে শোন (ফিস্-ফিস্) !
?!

ঠিক বুঝলাম না !

ঐ খালি ড্রামটা দেখতে পাচ্ছ ?

তুমি এতে ঢুকে পড়ো। আমি এটাকে গড়িয়ে দেব। তুমি এর সাথে গড়াতে-গড়াতে বজরঙ্গীর চোখের সামনে দিয়ে বেরিয়ে চলে যাবে... ও তোমাকে দেখতেও পাবে না।

এটা কি রিস্কী হবে না ?
হলেও পালোয়ানের মারের থেকে কম হবে।

বায়, বন্ধু! তোমার যাত্রা শুভ হোক্!

গড়-গড়!
গড়-গড়!

এই ড্রামটা কে গড়িয়ে দিল?
গড়-গড়!
গড়-গড়!
কোন বাচ্চার দুষ্টুমী হবে হয়তো।

ওহো... আমার শরীরের নাট-বল্টু সব ঢিলে হয়ে গেছে।

এটা থামবে কি করে? এতে তো ব্রেকও নেই!

জ্যাম্প !
ধ
ডা
ম
ম

যাক্ বাবা,
থেমেছে !

কিব জোজীর সাথে
রেস্তোঁরায় যাওয়ার
মত অবস্হায় আমি
আর নেই !

বাড়ী ফেরা
যাক !

এ কী ?
আহ !
আহ !
এর নতুন কোন
শয়তানী হবে
হয়তো !

# Colour Activity

# Match the pictures to their shadows.

Match the Pictures and send us back to win a surprise prize - write down the following details in block letter: Complete Name, Telephone Number with STD code (Mobile Number), Age, Place of Birth, Date of Birth, Gender, Email ID and Complete Postal Address with Pincode.

**Discover Talent @ Diamond Toons**
X-30, Okhla Industrial Area, Phase-II, New Delhi-110020
Ph.: 011-40712100, 40712200, E-mail: sales@dpb.in

[ ____ ] ✕ ROT

RA ✕ [ ____ ]

CAB ✕ [ ____ ] ✕ E

ZUC ✕ [ ____ ] ✕ I

TO ✕ [ ____ ] ✕ O

S ✕ [ ____ ] ✕ ACH

O ✕ [ ____ ]

P ✕ [ ____ ]

MU ✕ [ ____ ] ✕ D

[ ____ ] ✕ KIN

PI ✕ [ ____ ] ✕ PLE

Fill in the blanks
with the words BAG,
CAR, CHIN, DISH,
EAR, KIN, MAT,
NEAP, PIN, PUMP,
RANGE, STAR
to reveal the names
of 11 edible plants
(mostly fruits
and vegetables).

Fill in the blanks and send us back to win a surprise prize - write down the following details in block letter: Complete Name, Telephone Number with STD code (Mobile Number), Age, Place of Birth, Date of Birth, Gender, Email ID and Complete Postal Address with Pincode.

**Discover Talent @ Diamond Toons**

X-30, Okhla Industrial Area, Phase-II, New Delhi-110020
Ph.: 011-40712100, 40712200, E-mail: sales@dpb.in

PINKI
HAIRY UNCLE
₹ 50    48P

## Chacha Chaudhary, Billoo & Pinki comics also available in Digest

₹ 100 96P Size: 6.5"X9"

₹ 100 96P Size: 6.5"X9"

₹ 100 96P Size: 6.5"X9"

₹ 100 96P Size: 6.5"X9"

₹ 100 96P Size: 6.5"X9"

₹ 100 96P Size: 6.5"X9"

₹ 100 96P Size: 6.5"X9"

₹ 100 96P Size: 6.5"X9"

X-30, ओखला इंडस्ट्रियल एरिया, फेज-2, नई दिल्ली-110020
फोन न.: 011-40716600, 40712200, ई-मेल : sales@dpb.in